나는 걷는다 물먹은 대지 위를

나는 걷는다 물먹은 대지 위를

원재길 시집

민음의 시 117

민음사

自序

시처럼 사는 일도
날로 간결해지기를

차례

2부

1

휴일

한낮
담 위를 기어 건너는 짐승
졸려 죽으려 하는 얼굴로
두리번 새어 나오는 라디오 소리

주파수가 틀린 인간들이
낮잠 자는 시간이다
참 행복하다고 속으며
이것 참 개팔자라고 속이며

가을은 깊고
볕은 따사롭고
될 수 있으면 계속
자 두는 게 좋다

세상은 고요
쓸쓸함
붕붕
파리가 다른 세상인 양 날고 있다

여우비

느닷없는 물방울의 소란
창유리 더듬는 바람
물 반 모금으로 혀뿌리 적시고
햇볕 속 달리는 빗발을 본다

창틈으로 몇 장 나뭇잎
겁 없이 날아들 때
무념무상
먼 구릉으로 아스라이
천둥도 건너오고

괜찮아 생명스러운 것들
별일 아닐 거야
잠깐 빗줄기에 멍드는 뜰
날리기 무섭게 내려앉는 흙먼지
모든 건 잠깐 지나가는
악몽의 배경일 뿐

낮도둑도 망자(亡者)의 뼈도
다 찍히는

저기 벽면을 보아라
명암 참 선명하기도 하지
무심히 걸치는 구름 그림자

나무 그늘에 누워

언덕을 젖히고 구름을 펼쳐
하늘을 엽니다
잉크를 엎지르며
누군가 내려다봅니다
대지로 쏟아지는 푸른

빛의 시인인 당신
늘 잘 읽고 있습니다
지상의 행복은 하루하루 지워지고
사람과 잘 섞여지지 않는 날엔
당신을 꺼내 읽습니다

가끔 이해할 수 없는 구절도 있어
왜 큰키나무들이 별안간 넘어가고
바닥까지 강은 말라 터지는지
폭풍은 때 없이 닥치며
일시에 많은 죽음

사실 시란 어느 정도
난해한 것이겠지요

폐허 위에 필경 돋는 풀
새들은 철 되면 돌아와 노래 부르고
물 흐름처럼 맑은 운율
큰 주제는 결국 생명의 기운이며

가끔 세간의 고난에도
관심 주시길
나는 하늘을 닫고 구름을 접고
언덕을 훌훌 털어 머리에 베고
나무 그늘에 눕습니다

폭설

넉가래를 들고 나갔다
눈발 속 분주해라
마당을 치웠다
추억의 머리를 길게 밀며
쓰레기 먼지 더미도 덤으로

눈에 지워졌다가 되살아났다
가까스로
있는 듯 없는 듯 살아야지
아주 없는 듯은 말고

한때 알았다 지워진 사람들
무명(無名)의 찬란함
누군가 반짝반짝 지나간다
잘 보이지 않지만
짐승은 아니다

이런 날은 종내
사람이 그립고
처마 위 털면 벌써 그 사람

어디론가 가 버리고
세상이 다 사라진 기분이야

아침 풍경

이상해
고막이 윙윙거려
짙은 안개 헤치며
느릿느릿 오가는 불 켠 차들
플라타너스 은행나무 겨드랑이께는
흑백사진 속 수렁 같아

한창 시간인데
행인들 바삐 달리다 서다 하는데
흐음 웬 감자 굽는 냄새
땅이 물컹해
균형 잡아서 가볍게
팔 흔들어 볼까?

때로는 이 안개 속이
세상에 태어나 처음
발 딛고 선 자리 같군

──정적(靜寂) 때문이야
──마음의?

──마음……
──출렁거리는 물 위를 떠가는
──불 켠 선박들
──한 물결 한 물결 항로를 더듬으며

모자(母子)

생업의 사무실 가는 새벽길
곳곳에 쥐가 죽어 있다
무서워서 차라리 아름다운 내장
하고 중얼거리는데
돌아가는 골목으로
똥 덩어리가 달려든다

차에 치여
엉망으로 으깨진 비둘기
순간 사람의 핏자국이 밟힌다
낯 찡그리고 발 끌며
그는 어디로 갔을까

낮에 내려다본 골목
양달에서 어머니가 아가에게
젖을 물리고 있다
송송 땀 솟은 이마
손바닥으로 닦아 주고
침 발라 눈곱 떼 준다

엄마는 언젠간
너를 두고 떠나야 한단다
혼자서도 적당히 놀라며
살아갈 수 있을 때까지만
곁에 있어 줄게

비 그친 뒤

바다 건너 광장에서
포성이 울렸다
사람들 중국어로 비명 지르며 흩어지고
퇴근길에 집어 든 석간에서
장갑차 바퀴로 핏방울이 굴렀다
우두둑 무언가
바수어지는 소리도 들렸다

내다보는 버스 창밖으로
새들은 깨끗한 대기 속을 나는데
야구장 앞 행상들
모처럼 활기 넘치는데
별안간 많은 청년이 죽고
비 그친 담벼락 밑
어지러이 흩어진 꽃잎을 본다

지붕들 감싸 안는 석양빛
젊고 뜨거운
여름날의 살들
빙그르르 도는 양산

짧은 원피스
시원시원 흔들리며
머리 풀어 말리는 나무들

바람의 집

언 땅에 너를 묻고
귀로에 버스째 들른 곳
생시에 너 살던 동네
비닐하우스 지천
바람은 마른 풀 불어 날리고
몇 가닥 흐린 햇빛으로 우리는
너의 집을 멀리 돌았다

담이 없었던 삶
밭 한복판
온몸이 바람막이였던 세월
옷깃 여미며
눈길은 자꾸만 빗나가
구름 언저리 더듬을 때

갑자기 한밤 펄럭대던
문풍지 소리라도 들리는 듯했다
두런두런 밤새우던 날이 엊그제건만
갑자기 너는 죽고
말수가 적어진 우리는 일없이

집 주위를 서성거렸다

이제 이 집 떠나면
우리도 오래도록 너처럼
돌아올 수 없으리
죽음은 간명하다
저만치 등마루 꺾으며
성큼 덮쳐 오는 산 그림자

강

1

수심 십 미터 밑바닥의 어둠
해 넘어간 뒤
바닥까지 깊어진 공포
아무것도 안 보여
더는 죄 짓기 싫어

일제히 떨어 보이는
물의 살결
교각에 부딪혀
서늘히 방향 바꾸는 바람
후두둑 날아가는
검은 새 한 마리

2

한 처녀가 물가에 앉아 있다
얇은 옷을 입었다
잘 보이지 않지만

입술은 가늘고
뺨이고 손등이고 푸르칙칙하리라

이 끝에서 저 끝으로
난간 기둥에 박힌 등불
이따금 다리 위를 질주하는 차들은
이 밤 안에 어디론가 가야 한다
한껏 뜨거워진 몸을 느낀다

더는 구차히 굴지 않겠다며
나도 이제 모든 걸 끝내야 한다며
번쩍이는 물살 복판을 본다
바람은 속옷까지 헤쳤고
능욕의 한숨 사이
처녀는 쿨룩거린다

붉은 흙

비닐쪽 팔랑대는
주택가 빈터
누덕누덕 잡풀이 자란다
물먹어 무너진 연탄 더미
허술해서 정겨운 울타리

약 먹은 듯 비틀
눈이 풀린다
누군가 귓전에 대고 속삭인다
벽에 손 짚고 서서
무얼 하는 거니
언제까지 흔들릴 거니

얼었던 모든 것
넋 놓고 풀리는 봄날 한낮
원 세상에
붉은 흙이 볼수록 곱구나
저 햇빛 받으며 누워
쓰레기 더불어 썩고자

중년

아내들은 울고
밤은 마냥 깊어 간다
생활의 군살로
두꺼워진 손발
물고기 알 밴 장딴지

고결해 마땅할 영혼
꽃다발 안고
사뿐 날아다니던 날들이여
추억은 멀고
청춘은 말끔히 새어 나갔다

무슨 일로 더 괴로워하랴
눈물 자국 뻣뻣해진
새벽녘
집집마다 머리맡
붉은 등이 꺼진다

급사(急死)

그는 누구일까
느닷없이 지상을 찾는 자
돌연한 사고를 즐기는 자
길 가는 사내의 일생을
일격에 쳐올려
다부진 경력을 조롱하는 자

범퍼가 부서지고
바퀴 자국이 길게 남고
고무 타는 냄새
어지럼증이 사태의 심각성을
잠시 잊게 만들겠지만
사람들은 모여들리

심했어
그가 천하의 몹쓸
말종일지라도
많은 이들의 삶을
건드렸더라도

다짜고짜
한마디 설명도 없이

누이

불의 마음씨로 포옹하고
위험한 살 열어
잔 숨결까지 내보인 너
별안간 사랑 다한 날
심장은 오그라졌다

오늘 하늘 맑고
담마다 꽃 만발하였다
흰 빨래 파란 빨래
발 내려 즐거이 마르고
골목으로 저리
햇살 터져 달리는 날

눈부셔라
들로 산으로 강으로
원색 뽐내며 웃음소리
번져 가는 날
책상에 홀로 엎드린 너
들썩이는 목덜미

숙면

무심해지고 싶은 날
지붕 빗물 새는 자리에 비닐 덮고
돌 두어 개 얹어 놓고
마음은 모든 벽 스르르 허물며
길게 눕는다

내 다 안다
가진 것 없이 헐벗었도다
노동 끝 벼랑의 고단함
행여 푸념하거나
신경 곤추세우는 일 없이

가난한 꿈 몇 편
거울이나 천장에
그림자 안 비치게 꾸어 가며
솜씨 좋게
그럭저럭 한나절

눈

네 눈은 크고 맑다
깜박 감은 눈 주위도
다시 뜬 눈 속 방 풍경도
환하다
밖에는 밤눈이 내린다

창으로 가구들이 들여다보인다
화분엔 뾰족뾰족
잎 끝 세운 침엽수
그러쥐었다 놓은 손수건
구부러진 압정
쓰다 만 편지지엔
구겨진 문장들

돌아오며 당신에게로 가던
모든 길을 말아 가져왔습니다
결국 이런 끝이었군요
물에 피를 받아
뭉텅뭉텅 머리칼 잘라 띄웠지요
극약 마신 듯

죽음에 취해 살아가는 날들

네 눈은 작고 흐리다
오래전에 너는 버려졌다
젖은 백묵 같은 먼지의 켜
네 눈 속 방 풍경도
밤눈에 묻혀 사라진다

푸른 낯

오래전에 죽은 그는
이따금 불쑥 나타난다
그가 손 뻗어
줄기를 건드리는 찰나
사과 몇 알이 떨어진다

하나 집어 깨물 때
곧바로 씨가 씹힌다
그가 말한다
난 너무 일찍 수확되었어
좀 더 익었으면 했어
신이 서두른 까닭은 무얼까

개미가 빙빙
어린나무 주위를 돌다가
아 어지러워
동작 멈추고 쉰다
무장 익는 과일들 올려다보며
그에게 대꾸한다

너는 아주 잘못 산 경우는 아냐
하루 더 살며 나빠지는 사람이
얼마나 많은데?
살아 보니 행복이었니?
됐다는 듯이
그저 그는 웃었다
덜 익어 푸른 낯으로

밀애

누군가 숲 속에 있다
동 트기 전
두 사람 소곤대는 소리 들린다
남의 말 잘하는 새들 잠들고
절대자도 휴식을 취하는 시간

짙은 풀 냄새
아무도 엿보지 않는
무덤 같은 반구(半球) 속 신비
확고부동한 나무들
서로를 호흡해 버리려는 듯이
잔 소름 헤아리겠다는 듯이

나무들 민망하여 고개 돌리고
멀리 태양은 떠오르기 주저할 때
여기서 저래도 되는 거야?
낯가리는 풀잎들
또르르르 이슬 굴리고 쩔쩔맨다

아직 두 사람

풀밭에 누워 있다
일찍 잠 깬 노인들 지나쳐 가고
벌레들 미명에 눈뜰 때
간밤 모든 일 들통나겠지만
결국 온 세상이 알게 되겠지만

결혼

지끈거리는 머리
마른 관절 뚝뚝
부러지는 소리 낼 때마다
비둘기 한 마리씩을

하늘 높이 날려 올린다
불덩이로 앓았던 날들
핀셋으로 집어 보는 탈지면
핏물 밴 그 위로
들꽃 한 송이를

툭 던진다
사람들이 우르르
떠들며 지나간다
지금 집엔 아무도 없다
책들이 어둠 속을 뒹굴 뿐

지상에 첫서리 내릴 때
새로운 시간을 안고 너는
잠시 뜰을 내려다본다

드레스 자락 날리며
창유리에 이마 식히며

노동의 힘

나는 쓴다
쓰다가 고개 돌리고 멈칫한다
파헤쳐 뒤집은 마당 흙더미
얼어붙은 항아리
블록 벽에 엉킨 성에

어느 대낮
창밖에서 인부는 일하고 있었다
곡괭이질 삽질
굵은 돌 고르고 파이프를 묻었다
가스 불은 줄곧 쉭쉭거렸다

묵묵히 아침에서 저녁으로 넘어가는
삶의 순수 관성
엿보기만 허락할 뿐
참견할 틈이 없는

일순간 나의 책상에서
몇 권의 얕은 사상이 기우뚱거렸다
목 움츠리고 다시 내다볼 때

어느새 날 저물어
연장 챙겨 돌아서며
김 올리는 어깻죽지

들리는 소리

1

바로 아래층에서
전기 재봉틀 건물 들어 올리며
옷 짓는 소리
목공소 전기톱
통나무 써는 소리
카센터 자동으로
볼트 박는 소리

굉음에 하늘 돌아보니
불빛 번득이며
먹구름 밑 낮게 나는 헬리콥터
어서 지나가면 좋겠는데
아까부터 시동 걸려
골목에 버티고 선 트럭

2

너는 모든 침묵을

소음의 자식으로 여겨라
모든 소음은
침묵의 아비로다
사람의 모든 색(色)이
어디에서 오는지 알려 애써라

너는 사람이며
색은 소리이다
너 자신도 색임을 이해하여
소리인 사람과 섞여 살아라
그 소리에 옷 얻어 입고
가구 받아 들이고

바쁜 날 천리마 얻어 타고
두 눈은 멀리 가는 빛 얻어 번쩍일 때
너는 언제까지나
너답게 살아라
사람이 내는 모든 소리를
사람으로 대접하라

낙천주의자

나무마다 텅 비었다
잎사귀 며칠 만에
다 져 버렸다
시원하군
가벼운 구름의 마음씨로
나는 유쾌하련다
후후 웃는다
밤공기 즐기며
후후 웃는다

바람이 목덜미 쓸며
뭐라 자꾸 묻는다
동문서답하여 중얼거리노니
나의 남은 인생
정처 없어라
있는 거지 없는 거지
모두 밥 한술 얻어먹고
아침이면 또 길을 내 떠나야지

나는 내 식으로 춤춘다

떠도는 꼴
생겨 먹은 대로
나무는 나무의 마음
시간은 시간의 성깔대로
찬 가로등 불빛 아래
털썩 뼈 풀어 놓고
손발 멋대로 흔들며 마냥

산자락

언덕바지 오르는 길
햇살에 녹아 지글거리는
아스팔트 기름
한껏 부풀어
툭 터지는 고름 거품

차들은 외친다
이 병든 길을 지나가야 한다니
바퀴에 들러붙었다가
쩍 떨어져 나가는 소리
아지랑이인지
기름 타며 나는 연기인지

그 길 넘는 순간
양쪽으로 백팔십 도 열리는
시린 빛으로 숨구멍 막으며
양 어깨로 바짝 다가서는
천연의 침대
등골 훑는 바람

시큰한 풀 냄새
샘물은 퐁퐁
이끼와 습습한 기운
흙 냄새
모두 속에 품은 채
젊음 뽐내며 터져 들어오는

3월

안뜰은 순간 순간 바뀌어
나는 아연 긴장한다
느껴진다
소리 없이 온 세상
끌고 달리는 힘

저편이 바깥이라고
우길 수도 있겠지만
나는 세계 바깥
방구석에 박혀 있다
저리 옮겨 타고 달리고 싶어
차창 가라면 더욱 좋겠지

창턱에 엎드렸다 고개 들면
싹 하나 없던 자리에 반짝
나무마다 웬 웃음은 우거지고
또 보면 꽃잎 하나
허공 질러 횡

블로크 시 「아, 나는 미친 듯이 살고 싶다」에 바침

무슨 말을 더 보태랴
지하 방에서 죽을 순 없다
곰팡내 나는 삶
뿌리째 캐서 볕 아래
옮겨 심고 싶다

나무야
지상에서 어두운 방으로
뿌리 내린 나무야
잎 틔워야지
암, 봄이면 꽃도 피워야지

물속 풍경

그동안 별일 없었지요
너무 깊이 잠겨
죽어지내는 건 아니냐고요?
지난 시절 파문도 많았습니다만
지친 감이 없지 않지만
신이 방관한 덕이겠지요
요즘은 느긋이
숨 돌리는 중입니다

그러나 저는
오래 쉴 수 없는 욕망
들끓는 식욕
다 잠재울 수 있을까요
별들 스러지고
줄줄이 미끼 내려오고
수초는 한껏 신선할 때

다시 수면 가까이 오르면
싱싱한 살맛을 보여 드리지요
뺨이고 입 너덜너덜한 물고기들이

지나치다 고개 갸웃하며
싱거운 녀석
별 한가한 소리 다 듣겠네
물끄러미 돌아봅니다

싹

죽은 지 일 년도 더 지나서
몇 번 내버리려다가 놔둔 행운목
오늘 아침 별안간
웬 싹이 쑥
스스로 연둣빛 광휘에 눈 비비며
반역처럼 올라왔다
비밀 많으나 사심 없는 자들의
먼 세상에서 나들이 오듯이

간밤 꿈에선
컴컴한 방 티브이 속
내전(內戰)으로 뼈 타는 동유럽
주검의 거리가 흘러갔다
푸른빛이 푸른 피를
가득 뿜어댔다
나는 내가 산 건지
이미 죽었는지 알 수 없어

벽에 이마 찧어 통증 일면

산 거겠거니 생각했는데
머리가 그대로 벽 속으로
쑥 들어갔다
수렁에 빠져 허우적댈 때
아무것도 만질 수 없고
다시는 누구도
애무할 수 없다는 각성의 공포

오늘 아침 눈 뜨고
길게 숨 내쉬는데
잠깐 내비치는 다른 세상 손길처럼
싹 하나 웃으며 올라왔다
언제 안 아픈 적 있었니?
지상에 죽음 아니었던 날 기억나니?
그렇게 물으며
조용조용 콧노래 흥얼거리며

가족 나들이

번잡한 도로 막 벗어난 곳
사방팔방 트인 시야
금곡이나 일영 송추 강촌 같은
이름도 아름다운 마을들
차에서 내려
도랑 건너뛰어 흙길 접어들면
이내 숨결 풀리고
어깨도 부드럽게 힘 빠진다

나무 그늘 하나씩 옮기며 걷는 가장들
슬렁슬렁 따라 걷는
흰 얼굴 식솔들
빈 들에 드문드문 깃들인
안녕하신가 저기
다정한 집들도 보인다

곁에 걷던 사내가 들려준다
세 끼 밥에 목매고
염소처럼 울며 살아왔지요
서류 더미 위로 날다가

유리에 부딪혀 당황하는 파리
쏟아질 듯한 건물 벽타일
오후 네 시쯤이면
어김없이 창에 되비치는 피로

비록 반나절일지라도
다 잊고 버려두고
길 나선 자의 마음
구멍가게 들러
땀 식히고 음료수 마시며
저린 다리 주무를 때의 이
단출한 여유를 아시는지

통원 치료

햇살 받으며 웃는다
어제보다 몸이 가벼워졌다
시장 옆 주택가
간밤 늦도록 취객들
한 잔 더
아냐 그만 하고 떠들고
꼭두새벽부터 시동 걸린 차로
꺼진 차 끌고 다니는 소리

결국 잠 설쳤지만
겨우겨우 토막잠 잤지만
나는 웃어 본다
창 열어 공기 갈며
깊이 들이마시는 창공의 빛
옥상마다 남은 눈은 담백하고
멀리 순댓국집
사골 끓는 김 바삐 오른다

동네 의원 들렀더니
아는 작가가 앉아 있었다

언제 이사 왔지?
그가 병중이라는 걸 어디서 읽었더라?
인사 건네자 구석 자리에서
쑥스러워 희미한 미소가 날아왔다
우리 어서 건강해집시다
오늘도 밝은 해 날아가는 자취
온 누리에 선명하잖아요

환청

비 쏟아지는 밤
별안간 개구리 울음소리가 들렸다
잠 깨어 일어나
창으로 길게
목 뽑고 내려다보았다

군데군데 밤샘하는 불빛
술집과 상갓집
멀리 찻길에서
질척대는 바퀴 소리
공중 땅 전체의 반란

담배 한 대 태우며 거닐
논둑길은 물론
풀밭도 없는 곳
이런 동네에 무슨?
고개 가로젓고

신경의 등도 끄고 다시
자리에 누울 때

믿어 봐 믿어 봐 말하며
방으로 쳐들어오는
어린 날 개구리 울음소리

명옥헌(鳴玉軒)

오늘도 새로 보탠 죄 많아
맑은 하늘조차
진흙탕 바다로다
문득 떠오르는 사람
이런 날 구슬 구르는 물소리 들으러
살림집 떠나 갈 데 있는 자

처박힐 외딴집 있는 몸
연못도 통째로 한눈에 가두고
멀고 가까운 산 모두가 자기 마음
천천히 무심(無心)으로
둔덕을 널찍이 쓸고 가는
백일홍 꽃 그림자

그러나 그이도 오래 떠돌며
죄 많이 지은 자
속 다 헐어 지금은
손 더럽히는 일
저녁연기 올리는 일마저 잊고
마루 끝에 앉아 있다

시(詩)가 마르는 까닭

시가 자꾸 마르는 건
삶이 말라 가기 때문이다
누군가 내 다리를 집어 들고
닭 다리 뜯듯이 뜯는다

갈비를 뜯고
두 눈도 훅 빨아 씹어 뱉고
오장육부를 포크로 헤치다가
간과 콩팥만 찍어 먹는다

삶이 마르는 건
세상이 말라 가기 때문이다
무정한 세상!
뼈만 남아서 날지 못하는 새가
식탁에서 쓰레기통으로 추락한다

다시 거리로 나서 흐느적 걸어갈 때
언제까지 세상 탓만으로 살 거냐며
찬바람 철썩철썩
종아리를 후려친다

산에서 길을 잃다

꽃그늘 나무 그늘
흙더미 한쪽
스르르 무너지는 소리의 그늘
돌연 서늘히
눈앞 스치는 구름
드문드문
꿈결로 날아가는 꽃가루 그늘

귀 기울이면 들린다
물은 흙을 살리는 핏방울
벌레들 사각사각
핏물의 길을 연다
사람 흔적 없는 곳
나는 멍한 얼굴로
팔다리 그림자 내려놓고
그 위에 가만히 앉는다

스스로에게 묻노니
그늘끼리 허공에 풀려
몸 섞는 풍경은 아름다운가

지난날 더듬는 마음은 즐거운가
골짜기 어두워진 뒤까지 머물며
모든 생각 지우고 이곳에서
남은 삶 접는 건 어떨까

또다시 묻겠노니
사람 냄새가 늘 역거웠던가
습한 날 팔뚝끼리 닿았다가 떨어질 때의
따뜻한 비린내
한눈팔며
다른 하늘로 가는 꽃잎 쫓는 이 순간
정떨어질 새 없이 사람 소리
다시 그리운 이 변덕은 사랑스러운가

싸락눈

알 수 없는 고집이 있어
모든 나무 온 들에
아낌없이 꽃 피게 한다
타다다닥 타다다닥
모든 씨앗을 폭발시킨다

어찌 보면
술판 다해 갈 무렵의 광란
잘 참고 지내던 끝의
낭비와 탕진 같다
그렇다면 이는
인간에 대한 신의 모방이 아닐까

인적 끊기고
나뭇잎도 다 떨어진 새벽
밤새 놀고 돌아가는 길
걸음 멈추고
손등에 눈물 씻으며 떨 때

알 수 없는 고집이 있어

쓸쓸해하지 마라 너에겐
아무 잘못 없다며
온 들의 레인지 속으로 듬뿍
씨앗 던지며 전원을 넣는다

속도광

다섯 시간 반
여섯 시간 사십 분
자동차와 한 덩어리 되어
쉼 없이 달리는 짐승들이 있다
불타 버릴 듯 뜨거워진 머리
털털거리는 뼈
김 솟는 살덩이

쏜살같이 모든 풍경 버리고
바람에 너풀대는 것들
꿈틀거리는 것들
겨우 숨 붙어 있거나
검게 썩어 가는 것들

다 외면하는 척하며 무작정 달릴 때
삶은 얼마나 가벼우냐
이따금 언덕 너머 바다가 보이고
파도는 거듭 자기 몸 타넘을 때
죽음은 또 얼마나 가까운 것인가

찰나
쌩 하고 한 생애가 옆을 스쳐
깜짝 놀라 눈
감았다 뜨니
그새 그 짐승 간 데 없다

안부 편지

가끔 얼굴들 봅니다
부친상 모친상으로
몰려다닐 나이가 되었군요
모든 일은 지척에서 벌어져
멀리 있는 건 아무것도 없습니다
뼈마디 쑤시면
서둘러 햇빛에 비춰 봅니다
내장 부은 기미 느껴지면
물 마시다 주위 둘러보며
찡긋 미간 좁히지요

그래도 부모 보내며 우는 건
딸들뿐이더군요
그래도 울지 않고 견디는 슬픔은
아들들의 몫이더군요
자연일까요
모든 생을 사랑한다는
이 순간의 과장은?
막막하여라
모든 허허로움이 시작되는 곳

오늘은 사람 생각 더하여
내 살에 내 혀를 대 보았습니다
전화 몇 통 넣었더니
모두 외출 중이었습니다
돌아온다는 사람도 있고
오늘은 무슨 일 있어도 끝내
안 돌아온다는 사람도 있었습니다
그들이 간 곳을 찾다가 말았습니다

물의 끝

1

밖에는 비 내리고
아침나절 세상은
저녁 어스름으로 어둑하고
그러나 마음은
깊은 바닥까지 맑은 물일 때
내가 살아 지은 죄가 다 드러나고
살의와 노여움
물속 노니는 온갖 고기와 풀
고운 모래의 떨림까지 잡힐 때
그것은 외로움이었구나
살아온 많은 날은
모든 걸 알아 버린 뒤의 헛됨이구나
마음 둘 곳 찾아서
검은 길을 떠가는 유리 조각

2

소리의 결

돌의 결
물방울로 튀다가
다시 가볍게 떨리는
살의 결
마음의 결
순정(純情)의
낱장 엽서의
바람과 노래와 세월과
무너지고 낡아 가는 모든 것들의
사랑한다 사랑한다 속삭이며
때로 한데 엉겼다가
떨어져 나가며 놀라는
삶의 결
더러워진 고요
짐승의
죽음의 결

3

나는 물인가 소리인가 흙인가

넋의 두리번거림인가
차창 밖을 지금
고속으로 스쳐 가는 나무숲인가

4

빗소리로 귀를 씻고
뼛속에 낀 때까지 씻어 낸 뒤에
당신의 집에 이르렀습니다
거기 당신은
연못으로 고여 있었습니다
들녘 한가운데
적당히 깊은 물의 한 마당으로 누워
위로 손 뻗으면 닿을 공기의 망막
대기 또는 둥근 생기
톡톡 빗방울로 터지는
바람의 일렁거림
미끄럼 지치다 내려다보는 소금쟁이
품에 안은 수천 수만 올챙이 떼
조용히 돌보며 당신은 웃고 있군요

빗줄기도 스러지고
하늘 언저리 문득 훤해질 때
나는 먼 거리로
물인 당신을 들여다봅니다

2

겨울에서 봄으로

―젊은 날의 여로

1

잘 마른 나뭇가지들
흔들리는 서슬에 허공이 베인다
날 잘 세운 창끝 같다
나는 두 손으로 얼굴 가린다
새 울음 잠잠하여
주위에 살아 있는 건 없다
풀렸다가 다시 어는 논바닥
누군가 불 쬐다 돌아간 자리
얼음은 사정없이 얽었고
그슬린 나무에선
살 탄내라도 나는 듯

너의 청춘은 즐거웠는가
참 기쁨인 순간은 얼마였던가
처음 무대에 오른 광대같이 모든 게
낯설고 어색했던가
그 시절 많은 죽음이 있었다
누이의 줄기가 잘려 나가며

명주 천에 비명 담아 구름에 널었다
아우의 밑동을 구른 피가
이슬과 시냇물 다 마시고도
아 목말라 말했다
마지막 풀잎까지 겁먹어 떨 때

기억 내몰며 고개 들면
먼 구릉에 구름 낮게 내린다
새 떼 데리고 놀던 햇빛 스러지고
노을빛 번지는 시간
그때 나는 더 쉽게 살 수도 있었을까
언 발로 다른 발 밟으며
다시는 돌아가지 않으리
꽃병 물 썩어 가고
사면 벽 얼어 정 못 붙인 곳
밤이면 식은 살 파묻고
숨죽여 잠 청하던 곳

2

저는 다감함을 사랑하는 바람이지요
식도 달구는 술
쉬어 가라고 내놓은 평상이지요
저는 제가 아니고 싶어서
싸리나무 울타리
철길 물길 따라 얼마쯤 가다 돌아오고
또 가다 돌아왔습니다
저를 버리기 위해서였지만
마음의 모든 짐 버리면 언젠가는
이 더러움도 그칠까요
저는 어디서도 한참
깃들이지 못했습니다

한때 가까웠던 이들을 불러 봅니다
돌아보는 짐승들의 어깨 너머
석양은 늘 거대한 품이었습니다
그런 날은 둥지 속에서
새알 흔들리는 소리로 노래했죠

노래는 작은 나무들 잠재우고
얼마 만에 잦아들었습니다
땅거미로 내리는 대지의 어머니
한 오백 년 머물다 가시지요
집에 못 들고 떠도는
저에게 벌주시지요
저는 자기 몸을 쳐서 부는 바람입니다

강에 이르러 머물 때
두려움 없이 노는 고기들
망태기 메고 가는 농부의 덤덤한 얼굴
수면에 뺨 댈 때
깊고 먼 곳에서 올라오는 물의 울림
어디선가 맑은 종소리 들려옵니다
꿈결 더듬는 숨결의 아늑함
오늘도 날 저물어
이제 강 건너가야 할 시간입니다
다시 물 내려다보면
낯선 짐승 얼굴 하나 비칩니다

3

내처 쉬지 않고 걸어온 길
번번이 예고 없이 끊어지는 길
말뚝 박아 친 철조망은
팔 벌려 막아서고
'돌아가시오'라고 적힌 팻말과
물컹한 감각으로 발 빠뜨려
신 벗기는 늪
발목 타고 기어오르는 물벌레

무언가 비닐 벽 흔드는 소리에 눈뜨다
늦게 이룬 잠
모로 누운 외진 방에서
꿈의 모서리 안 쑤시는 데 없다
겨우 일어나 걸어 나가는 골목
질고 검은 흙
지린내에 전 가게 앞길
죽은 쥐의 분홍빛 속살
그리고 곳곳에 무른 똥

길 돌아 내려가자 갑자기
바다가 키 넘어 솟구쳤다
멀리 비가 퍼붓고 있었다
처음엔 물고기들이 날뛰는 줄 알았다
파도는 잠잠한데 큰 원 그리며
물방울이 튀었다
내 몸도 저절로 떨었다
독주를 털어 마신 듯

모래톱까지 접근하는 빗줄기
발 헛디뎌 바다에 빠졌던 개들은
온통 젖어 비척이며 돌아다니고
집에 박힌 아낙들
깊은 눈으로 바다를 내다보았다
며칠 내내 흐림
코끝에 달라붙는 식초 냄새
그러던 어느 날 오후
갑자기 햇빛이 쏟아져 내렸다

대지를 물들이는 누릇한 기운

보리 싹 일제히 몸 일으키고
뒤늦게 떨어지는 나뭇잎들
하수구에서 한꺼번에
물 빨려 나가는 소리
식욕처럼 달려드는 흰 담벼락
일시에 풀려난 중닭들과
꼬리 물고 기어 나오는
길고 긴 사람 그림자

4

한낮 거리를 간다
행인마다 어깨 펼쳐 군내를 턴다
아무도 기력을 바닥내지 않았다는 듯이
거뜬히 한파를 건넜다는 듯이
장의사들은 당분간 졸아도 되리라
관은 바짝 마를수록 좋으려니
사람 사태 빛 사태
어느 순간
한 사내가 행로를 벗어나

차도로 쓰러지는 게 보였다
상관없이 길가에 세워 둔 자전거가 넘어가고
제풀에 과일의 탑은 무너졌다
뒤이어 경적이 터졌다
사과 몇 알이 바퀴 아래
과즙 날리며 폭발할 때
얼마나 많고 작은 우연의 거리인가
공공연한 대낮
상자 속 병아리 종잘대고
옥상마다 빨래 너풀거리고
비누 냄새가 키 높이로 떠다녔다

아낙들 밀린 목욕 다녀오는 동안
아이들은 아침에 간 길을
헛발 안 디디고 고스란히 돌아왔다
재들이 뛰어다니는 통에 정신이 없다니깐!
모든 걸 새로 시작해도 늦지 않을 시각
분침 부러뜨리며 사내는 쓰러졌다
짐짝처럼
원, 이런 걸 한길에 놔둘 게 뭐람

입속 가득 머금는 비명
새어 나오지 못하고 사그라질 뿐

어슬렁 순경은 다가와 허리 굽힌다
곪은 무릎
갈 데까지 간 행색
어디서 시작된 삶이야?
끝이 여기라는 건 알겠는데
불 침대 타고 덜컹 들어갔다가
끝까지 거덜나고 돌아와
인정사정없이 부서질 뼈
어떤 곡절 많은 생애도
쇠망치 하나면 간단하다마다

5

벌건 대낮에 몸 비비는 것들
물렁한 구름의 아랫배에
머리칼 깊이 찌르는 것들
따뜻한 종아리

냉기 가신 팔목
김 나는 목덜미에서
더운 땀 떨어져 구르는 흙더미
백 마디 말이 필요 없다네
제 살 더듬으며 녹아 흐르는
젖처럼 비리고 달콤한 맛
윙윙 날벌레
사방에서 기어 나오는 땅벌레들
부풀어 오르는 양성(兩性)의 대기

온 땅 들었다가 놓으며
나는 언덕을 오르고 그녀는
내려오는 중이었죠
무작정 볕 쬐러 나선 길
큰길이 각 이루어 만나는 곳
집들은 고른 부피 닮은 모양새로
단단히 틀 잡은 거리지만
주위 둘러보면 빈 터가 나타나고
되는 대로 군살 붙은 땅
누가 다지고 다녔는지

미끈히 흙길은 돌아 올라가고
잡풀 자라는 곳
흙 파낸 구덩이마다
이빨 드러낸 사기 조각

손바닥만한 밭뙈기에서
강아지는 저들끼리 장난질 오줌질이었지요
새들이 내려와 부리 부딪히며
바삐 요기하다가 날아가고
그때 불현듯 그녀가
눈으로 빨려 들어왔습니다
생기 사라진 움직임
머리는 이마를 덮었고
맨발에 샌들을 신었죠
철 시난 셔츠
그늘 한 자락 얹은 무릎을
힘겹게 들어 올리는 새 다리
배경으로 하늘이 터지고
출렁 차들은 떠올라 달려 내려올 때

입술 여달으며 그녀는
짧게 한숨 내쉬었습니다
흰 손은 치마와 셔츠 사이 흔들리는데
지나치는 찰나 그녀한테
말 걸고 싶은 충동을 참을 수 없었죠
돌아서서 그녀와 나란히 길을 내려왔습니다
안녕하세요 날씨가 좋군요
모두가 길을 걷고 있다는 사실이 재미있네요
누구나 저 자신이 출발점이지요
길이 욕망의 시위라면
일단 힘껏 당겨 보고 싶어지지요
가방 하나 꾸려서
때로는 훌쩍 집 나서고 싶은 마음

세상 버리러 가는 길마저
더없이 아름다울 때가 있습니다
언제던가 강으로 가는 들길이었는데요
목책이 서 있고
미루나무들 시원스레 자라고
곳곳에 파릇파릇한 풀빛

거기서 그녀가 내 말을 잘랐습니다
이봐요 나는
이 세상 아무것도 믿지 않아요
나비들은 제 길을 날아가요
벌들은 제 소리로 붕붕거리고
구름은 구름이 아닌 무엇과도 다르지요
각자 자기 놀이에 열중하면
서로 자유로워지지요

이방인으로 돌아다니다가
중간 중간 마음 내킬 때 걸음 멈추고
눈으로 사진 몇 장 찍고
또 훌쩍 떠나가면 그만이지요
그녀가 발걸음을 늦추더니
짐짓 나를 돌아보았습니다
그것은 처녀의 눈이 아니었습니다
반짝거림이 사라진 눈 속으로
일찌감치 삶에 치인 여자
그녀에게서 말벗을 구하려 했던
한 사내의 얼굴이 비쳤습니다

여자가 덧붙였습니다
나는 행복하지도 불행하지도 않았어요
잠깐 소란이 있었고
다음은 내내 조용했지요

지금은 관성의 힘으로 길을 갈 뿐
소란스러운 시간을 맛볼 기회를 엿본다는 건
아직 젊다는 애기겠지요
거기서 그녀는 말을 중단했고
나는 길가로 물러섰습니다
마음은 정처 없이 흔들려
어떤 생각도 잡히지 않았습니다
무생물들도 눈부신 생명 얻어
기쁨에 겨워 함빡 웃는 한낮
마침내 여자는 쪼글쪼글한 노파로 변하여
길을 바꿔 멀어져 갔습니다

6

대지는 냉담하다

쥐들도 쥐 죽은 듯 튼튼한 봄밤
날쌘 도적들도 겁내는 명징함
대지에 이성을 키우는 자양분
밀쳐둔 서적을 펼쳐 들고
차가운 쪽으로 줄기차게
베개 돌려 베는 시간

창으로 불빛 쏴 대며
자동차가 막 지나갔다
가구 하나가 툭 괜한 소리를 내고
또 다른 하나가 삐걱대고
누군가 담 밖 서성대다 사라졌다
고요하고 고요하여라
달빛만 창틈으로 새어 들 뿐
완강하던 히루도 무너진 지 오래

그리하여 새벽은
밤새워 붉은 눈이다
먼 데서 오는 물소리 더욱 맑고
일찍 산책 나선 이들

청청한 기침 소리 들린다
잠자리에서 기척 없는 사람들
눈 위까지 이불 끌어 덮고
입속 단내를 견디며

홀로 누운 자들이여
오랜 날 방문객 없어라
아파 뒹굴어도 아무도 모르리
많고 많은 신음으로
지상의 평화는 늘 위험하다
빈한한 생활 때문만은 아니리
그러나 밤은 곧 옆문으로 빠져나가고
눈가로 새날이 밝아 오리라

잘 지켜보아라
서서히 빛은 벽면을 일으켜 세우고
작은 못 하나 하나 되박으며
숨 가쁘게 나름의 건축에 몰두한다
그것이 눈에 보이는 적막일 때
한밤보다 두려움은 한결

우호적이지 않은가
이윽고 좋은 살집을 뽐내며
하루 중 가장 평온한 시간이 오리라

7

걸어가는 뒤쪽으로 사람 냄새 짙다
손때 신발 때에 찌든 골목
빛바랜 지붕 다 버리고
숲으로 오른다
사귄 지 꽤 된 나무
돌덩이 시냇물도 모습 여전하다
무언가 들려줄 게 있다는 듯
나를 불러 옆에 앉히려 한다

나는 아무도 기다리고 있지 않다
하지만 코를 킁킁대고 두리번거리며
계속 냉정한 척할 수는 없지 않은가
나뭇가지 사이
가는 대롱으로 달려 내려오는 햇빛

내게는 밀린 일들이 많다만
무슨 상관인가
천장 높은 나무의 집 속을
뒷짐 지고 어슬렁거릴 때

빙긋 웃으며 지나온 길을 돌아본다
활짝 꽃피우던 시절
서로 수액 나누고
꽃가루 불어 올리고
머리는 곱슬한 구름의 자유를 꿈꾸었노라
맑은 피 굽이도는 목소리로 벗들아
입술은 모여 노래 불렀노라
오늘도 함께 가는 저 연인들을 보아라

한 손은 책
다른 손은 옆 사람 허리를 안고서
그리고 저것은
굴렁쇠처럼 돌아다니는 공기 덩어리
초목들이 던지는 햇솜 이불의 유혹
푸근하기도 하고 정겹기도 한

시원하고 너른 숲의 품
가만히 서 있어도
절로 세척되는 몸

8

목련에서 등나무꽃 사이, 넝쿨에서 넝쿨 사이, 쓰레기 더
미에 피는 꽃들, 펄럭거리는 종이쪽들, 일순간 나타났다
사라지는 마법의 날벌레들, 눈동자에 어리는 물기, 잔털
같은, 하늘로 떠오르다가 내려앉고, 다시 떠올리다가 떨
어지는 걸 놓치고, 내 마음의 안이함, 넋의 안온, 오랜
슬픔의 돌연변이, 상처와 망상이 다한 자리, 반죽 같은
생각의 점액성, 나무진, 수액이나 침 같은, 핥고 싶은 사
물의 살갗, 짭짤하기도 하고 까칠하기도 한, 그래, 우리
에게노 가끔은 윤기가 필요해, 풀밭에서 공 사머 구르고,
기타 퉁기며 빈둥거리고 싶다고, 강가면 더 좋겠지, 섞이
고 싶어, 복수로 놀고 싶어, 절망만은 아니게, 환멸만은
아니게, 순결이게, 순정, 부드러움, 넓고도 훤히 트인 마
음의 입지, 애정이게, 따뜻함이게, 그냥 공터면, 자갈밭
이면 또 어떤가, 부푼 비닐봉지 떠 다니고, 한낮에는 따

끔하여라 햇빛, 찬물로 얼굴 씻어 내고, 물방울 흐르는
채 바람 음미하기, 나는 아이들 손에 이끌려 놀이에 빨려
든다, 정신이 어질해진다, 아이들이 웃음을 증폭시키며
돈다, 넘어진다, 뭉게구름 너머로 보이나니, 나와 같은
혈통으로 살다간 노인들, 낮술 받아 마시고 그들에게 한
잔 돌려주고, 달구어진 자갈에 뺨 대고 낮잠 속 넘나들다
가, 깨어나면 모두 잠들어 있다, 새들은 응달로 가고, 나
홀로 남방 식히며 강가로 내려간다, 나는 걷는다 물먹은
대지 위를, 온 땅의 반란, 장난기 가득한 초목들의 곁눈
질, 꽃피어나는 것들, 햇살에 꿈 그을리는 것들, 생명스
러운 사물들, 죽은 체하는 익살꾼들, 나는 웃는다, 어깨
를 한껏 펴 본다, 흙 들어간 신발을 털럭털럭 신은 채 털
어도 보고, 너무 멀리 걸어왔구나, 인적이 멀어, 돌아가
자, 늦으면 차가 밀리지, 먼지 풀풀 날리는 길도 나쁘진
않지만

9

얼음 덩어리
모든 응어리 다 풀리고

지금은 내 마음
냉수처럼 서늘함
다만 맑음
비틀거리다가
다시 정신 가다듬으며
소경의 눈 가늘게 뜨고
오랜 방황 그친 뒤
터벅터벅 집으로 돌아오는 석양녘
추억의 힘만으로
조금은 행복해졌는가
행복한가 나는 하고
가볍게 물어 가며

나는 걷는다 물먹은 대지 위를

1판 1쇄 찍음 2004년 1월 30일
1판 1쇄 펴냄 2004년 2월 5일

지은이 원재길
펴낸이 박맹호
펴낸곳 (주) 민음사

출판등록 1966. 5. 19. 제16-490호
서울시 강남구 신사동 506번지 강남출판문화센터 5층 (우)135-887
대표전화 515-2000 / 팩시밀리 515-2007
www.minumsa.com

값 6,000원